TAYLOR SWIFT.
LA VOZ DE TODA UNA GENERACIÓN

© Shackleton Books, S. L.

© de las ilustraciones, Wuji House

© de los textos, Maria Cecilia Cavallone

Primera edición en Shackleton Kids, junio de 2025
Shackleton Kids es el sello infantil de la editorial
Shackleton Books, S. L.

Realización editorial:
Bonalletra Alcompas, S. L.

Coordinación y supervisión de las ilustraciones:
Peekaboo Animation, S. L.

Diseño de cubierta:
Pau Taverna

Diseño de la colección y maquetación:
Elisenda Nogué

© Fotografías:
minds-eye, CC BY-SA 2.0 / Wikimedia Commons;
Thank You (23 Millions+) views from Los Angeles,
USA, CC BY 2.0 / Wikimedia Commons; Ronald
Woan from Redmond, WA, USA, CC BY-SA 2.0
/ Wikimedia Commons; fotografía de Marjorie
Finlay: d. p.; Vitalii Stock /Shutterstock.com; Button
nose / Shutterstock.com.

ISBN: 978-84-1361-635-3
DL: B 9446-2025

Impresión:
Macrolibros (España).

TAYLOR SWIFT

La voz de toda una generación

Ve a la última página y descubre contenido y actividades extra.

Mis pequeños
HÉROES

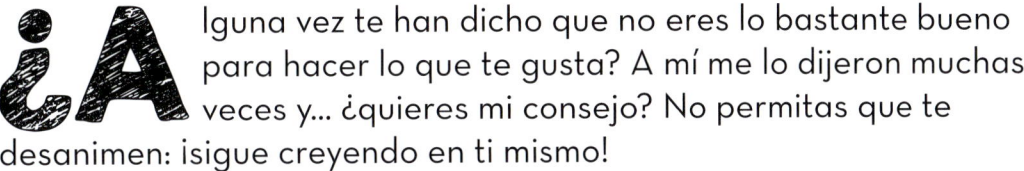 **¿A**lguna vez te han dicho que no eres lo bastante bueno para hacer lo que te gusta? A mí me lo dijeron muchas veces y... ¿quieres mi consejo? No permitas que te desanimen: ¡sigue creyendo en ti mismo!

Yo no me rendí ante el rechazo, las críticas y las opiniones negativas. Hoy, soy famosa en todo el mundo: mis fans, los *swifties*, son tan entregados... ¡que mis conciertos casi parecen terremotos!

Me llamo Taylor Swift y soy una de las cantantes más queridas y escuchadas del planeta. He ganado muchos premios, entre ellos catorce Grammys, he vendido más de cincuenta millones de discos y soy la artista femenina que más semanas ha ocupado el número uno en la prestigiosa lista Billboard 200.

Debo admitir que no siempre ha sido fácil. A veces, he tenido miedo de fallar, de equivocarme... Pero aprendí que de los errores pueden nacer cosas extraordinarias y que las dificultades pueden hacerte más fuerte.

Esta es mi historia.

Nací el 13 de diciembre de 1989 en Pensilvania, Estados Unidos. Tal vez creas que nacer en ese día da mal fario. Yo no: al contrario, el 13 es mi número de la suerte y está vinculado con muchos momentos especiales de mi vida. ¡Ya lo verás!

Crecí en una granja de árboles de Navidad, y desde pequeña me encantaba la música, tal vez porque mi abuela era cantante de ópera y, junto a mis padres, me transmitió su pasión por las melodías.

—¡Bua, bua, bua!

—¡Mamá, Taylor está llorando otra vez!

—Es lo normal en los bebés, querida, no te preocupes. Solo está calentando sus cuerdas vocales... Escucha a la abuela, cariño, tienes que hacerlo así: ¡bua-a-a, bua-a-a!

A los ocho años, me regalaron mi primera guitarra. Estaba en el séptimo cielo y, presa de una alegría incontenible, grité:

—Me siento tan… ¡FELIZ! Miradla bien, algún día estará en un museo: «¡La primera guitarra de Taylor Swift!».

—Taylor, ¿no crees que vas demasiado rápido?

Al principio rasgaba las cuerdas al azar, pero pronto aprendí a tocar y, a los doce años, compuse mi primera canción. Se titula «Lucky You» y trata de una niña que se siente diferente a los demás, pero que tiene un gran corazón.

—*Do do do do do do do.*

En aquel momento no lo sabía, pero esa canción marcó el comienzo de una larga carrera.

Poco a poco, empecé a tocar mis canciones en ferias y en algunos locales. La gente no siempre me aplaudía; de hecho, a veces, mientras cantaba, el público bebía y charlaba sin hacerme ni caso. Pero no me rendí y trabajé duro para hacer realidad mi sueño.

Además, tuve una gran suerte: mi familia siempre me apoyó. Cuando tenía catorce años, nos mudamos a Nashville, la cuna de la música *country*. Fue allí donde, una noche, después de un concierto en un bar, se me acercó un agente de una pequeña casa discográfica:

—¡Estas canciones son increíbles, Taylor!

—Hablan sobre mí.

—¡Eso es lo que las hace especiales!

Y así fue como firmé un contrato, el primer paso para publicar un álbum y convertirme en cantante profesional.

A los dieciséis años, grabé mi primer álbum, *Taylor Swift*. Aún recuerdo los días antes del lanzamiento: estaba muy nerviosa y, mientras mi madre y yo empaquetábamos los discos para enviarlos a las emisoras de radio, no podía sospechar lo que iba a suceder... En solo una semana, ¡se vendieron decenas de miles de copias y se mantuvo en las listas durante meses!

Pero el verdadero triunfo llegó con *Fearless*, mi segundo álbum. Con él hice mi primera gira: 118 conciertos por todo el mundo. ¡Alucinante! Lo mejor fue ver a mis fans cantando todas las canciones a pleno pulmón y saltando de emoción. Parecía como si mi música les llegara directamente al corazón, ¡y eso me llenaba de orgullo! Desde entonces siempre he tenido una relación especial con ellos: ¡es como si hubiéramos crecido juntos!

Muchas veces, en mis canciones hablo de mis aventuras y desventuras en el amor, como en «Love Story», del álbum *Fearless*. Está inspirada en algo que me ocurrió de verdad. La escribí cuando salía con un chico, pero ni a mis padres ni a mis amigas les gustaba. ¡Era una situación complicada! A diferencia de lo que pasó en realidad, la canción tiene un final feliz. Y no solo eso, también contiene otra sorpresa: ¡un mensaje secreto!

De hecho, es algo que suelo hacer en mis canciones y vídeos, dejo pistas sobre mi vida o mis futuros proyectos. Es como una búsqueda del tesoro para mis *swifties*. ¡A ellos les encanta! Para descifrar el mensaje de «Love Story», tienes que emparejar las mayúsculas de la letra de la canción. ¡Pruébalo!

Cuando tenía diecinueve años, me invitaron a los MTV Video Music Awards, un certamen en el que se premian los mejores videoclips y canciones del año. Cuando oí que el presentador pronunciaba mi nombre, no me lo podía creer:

—El premio al mejor vídeo femenino es para... ¡Taylor Swift, con «You Belong With Me»!

Estaba muy emocionada, pero, en mitad de mi discurso de agradecimiento, un cantante muy famoso subió al escenario, me quitó el micrófono y empezó a gritar:

—Querida Taylor, me alegro por ti, pero... ¡no merecías ganar!

No te puedes imaginar lo humillada que me sentí. ¿Cómo se puede ser tan malo e insensible? Hoy sigo siendo incapaz de explicármelo.

Fue un momento difícil, pero no me hundí y me prometí a mí misma que jamás permitiría que nadie pusiera en duda si merecía los logros que había alcanzado.

Así fue como aprendí una lección importante: no puedes controlar lo que la gente dice o piensa de ti, pero lo que sí puedes controlar es cómo reaccionas tú ante ello. Podemos dejar que las palabras de los otros nos abatan y nos pongan tristes... pero también podemos dejarlas correr y pasar de ellas. A partir de esta idea escribí una de mis canciones más famosas: «Shake It Off», que en español sería algo así como «quítatelo de encima».

Ese es mi lema: ¡acéptate tal como eres y quítate todo lo demás de encima! A fin de cuentas, pensé, ¿por qué hay que dar importancia a un tonto que ni siquiera te conoce cuando tienes a tu familia, tus amigos y millones de fans que te adoran? Así que *shake it off*, ¡siempre!

Aun así, siempre había alguien que tenía algo que decir sobre mi voz, mis canciones, mi cuerpo... y eso me dolía. Me obsesionaba la idea de complacer a todo el mundo y tenía miedo a fracasar. No hacía más que darle vueltas a la posibilidad de que mis fans dejaran de quererme. ¿Y si metía la pata y decía algo que no debía? ¿Y si no estaban de acuerdo con mis ideas?

Buscaba constantemente la aprobación de los aplausos y bastaba una crítica para conseguir que me viniera abajo y me sintiera insegura. Hasta que, un día, me di cuenta de que nada de eso tenía sentido. Debes ser feliz por ti mismo y quererte tal como eres, no por los cumplidos de los demás.

Así que decidí centrarme en mí y pasar tiempo con mi familia y mis queridos gatitos. Y al final... convertí esa negatividad en algo extraordinario y salí aún más fuerte del proceso. ¡Fue como volver a nacer!

Durante ese tiempo escribí muchas canciones y, cuando estuve lista, anuncié en las redes sociales el lanzamiento de un nuevo álbum, *Reputation*, que significa 'reputación'. Taylor Swift había vuelto, más auténtica y fuerte que nunca, dispuesta a demostrar lo que valía... ¡y sin ningún miedo!

Y eso no era todo: a partir de entonces, decidí que utilizaría mi música y mi voz para luchar por los derechos de todos, para enfrentarme al odio, al racismo y a todas las formas de discriminación. Sentía que estaba en el mejor momento de mi carrera y que, trece

años después de empezar a tener éxito —¡de nuevo mi número de la suerte!—, era la hora de mostrarme a corazón abierto.

Así que, durante las entrevistas que me hacían y los conciertos, empecé a hablar de política. Al principio, esto preocupó mucho a mis agentes:

—Taylor, ten cuidado, son temas incómodos, la gente podría criticarte...

Pero me daba igual: ¿por qué iba a callarme? ¿Para complacer a los demás? ¡Ni por todo el oro del mundo!

Cada vez que alguien me atacaba, yo no me echaba para atrás. Lo supo muy bien la primera discográfica con la que trabajé. Un día, sin mi permiso, revendieron los derechos de mis canciones; hicieron con ellas lo que quisieron sin contar conmigo, como si las hubieran compuesto ellos... Así que ¿sabes lo que hice? Volví a grabar todos mis temas antiguos como si fueran nuevos, y publiqué una *Taylor's version* de mis álbumes anteriores para conseguir de nuevo los derechos sobre mi música.

Entonces le pedí lo siguiente a mis fans:

—¡Escuchad solamente la versión de Taylor!

Por supuesto, todos los *swifties* se pusieron de mi parte y mi compañía discográfica se quedó con las manos vacías.

Las *Taylor's version* reavivaron muchos recuerdos en los *swifties* y a mí me sucedió lo mismo. Habían pasado muchos años desde el lanzamiento de mi primer disco, había recorrido un largo camino con ellos y había llegado el momento de que nos hiciéramos un regalo... Así que tuve una idea brillante: ¡un superespectáculo para celebrar mi viaje musical y recorrer todas las eras tanto de mi vida como de las de ellos juntos! ¡El *Eras Tour*!

De hecho, siempre he pensado en mis discos como si fueran una historia: cada uno representa una era de mi vida y con este espectáculo iba a recorrerlas todas junto a mis fans, llegados de todo el mundo y que, como de costumbre, intercambiaban pulseras de la amistad inspiradas en mis canciones durante cada concierto.

Me llamo **Taylor Swift** y esta es mi historia. Por el camino, aprendí que hay que creer en los propios sueños y mantenerse fiel a uno mismo, sin tener miedo a equivocarse y sin esforzarse por agradar a los demás.

A medida que crecía mi éxito, siempre intenté seguir siendo una persona amable y auténtica, y eso dio sus frutos. Cuando me atacaron, reaccioné, convirtiendo las cosas más negativas en extraordinarias. No me rendí nunca, porque detrás de cada mal momento siempre hay un rayo de luz y podemos salir más fuertes de las adversidades.

Recuerda, ¡todo está en nuestras manos y podemos convertirnos en quien queramos!

TAYLOR SWIFT:
ESTA ES SU HISTORIA

Desde muy pequeña, Taylor supo que quería dedicarse a la música y tuvo la suerte de contar con todo el apoyo de sus padres, James y Andrea. ¡Ellos fueron, sin duda, los **PRIMEROS SWIFTIES!** Pero no lo tuvo fácil al principio. Cuando tenía once años viajó a Nashville, la capital de la música *country*, con su madre a llevar las maquetas de sus canciones a las discográficas y todas la rechazaron.

Sin embargo, no se rindió, aprendió a tocar la guitarra y pronto empezó a conseguir sus primeros trabajos, tocando en locales pequeños. Para apoyarla, toda la familia se mudó a **NASHVILLE** y allí, Taylor empezó a colaborar con grandes compositores. En 2005, durante una actuación, un ejecutivo de una discográfica le ofreció un contrato y enseguida se pusieron a trabajar en su primer disco: *Taylor Swift*.

1989	2001	2005	2006	2008
Taylor nace en West Reading, Pensilvania (Estados Unidos).	Aprende a tocar la guitarra y compone sus primeras canciones.	Firma su primer contrato discográfico.	Publica su primer disco: *Taylor Swift*.	Publica *Fearless*, que se convierte en número uno.

A partir de 2014, Taylor empezó a componer música más pop, aunque mantenía la influencia del *country*. Todo iba genial hasta que, en 2019, un empresario compró la **DISCOGRÁFICA** con la que había sacado todos sus discos y se quedó con los derechos de sus canciones. Para no perder el control sobre su música, la regrabó toda de nuevo y nacieron las *Taylor's version*.

¡Y ya nadie pudo detenerla! *Taylor Swift* vendió muchísimo y se llevó varios premios. Su segundo disco, *Fearless*, arrasó. ¡Ganó más de diez premios importantes! Entre ellos, cuatro Grammys: al mejor álbum del año; al mejor álbum de música *country*; a la mejor canción country, «White Horse», y a la mejor voz femenina de *country*. Con tan solo veinte años, ya era una **ESTRELLA.**

En marzo de 2023, dio comienzo el *Eras Tour*, ¡un año y nueve meses de conciertos por todo el mundo en el que Taylor hacía un repaso de toda su carrera! Y batió todos los **RÉCORDS:** fue la gira con mayor venta de entradas y mayor recaudación de la historia.

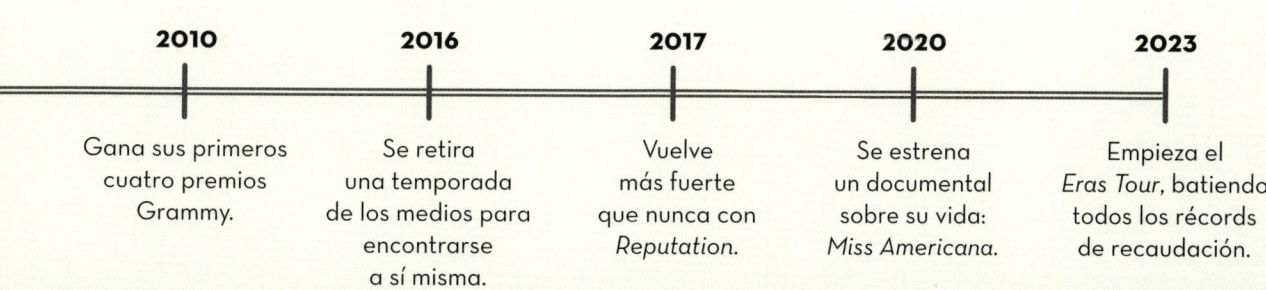

2010
Gana sus primeros cuatro premios Grammy.

2016
Se retira una temporada de los medios para encontrarse a sí misma.

2017
Vuelve más fuerte que nunca con *Reputation*.

2020
Se estrena un documental sobre su vida: *Miss Americana*.

2023
Empieza el *Eras Tour*, batiendo todos los récords de recaudación.

¿QUIERES SABER MÁS?

«Si tienes la suerte de ser diferente,
no cambies nunca».

Taylor Swift

MARJORIE

Taylor Swift siempre compone sus canciones desde el corazón. No importa si se siente alegre, triste, enfadada... Ella simplemente expresa sus sentimientos y, por eso, «Marjorie» es tan especial: ese era el nombre de su abuela materna y esa canción está dedicada a ella. Marjorie Finlay había sido cantante de ópera en los años cincuenta y siempre fue una inspiración para su nieta, que solía oírla cantar en la iglesia. En la canción se han incluido antiguas grabaciones de la voz de Marjorie, que murió antes de ver cómo Taylor se convertía en una estrella.

UNA DECLARACIÓN DE INTENCIONES

Después de publicar *Fearless* (2008), Taylor se encontraba de gira cuando empezó a componer su siguiente álbum *Speak Now* (2010). A veces, se le ocurría algo genial a las tantas de la mañana y, como no podía esperar, lo escribía. Al final, ¡compuso ella sola el disco entero! Y no solo eso, sino que volvieron a nominarla en los Grammy. En él habla de sus emociones, de todas las veces que le rompieron el corazón y de todo lo que ha tenido que luchar para llegar donde está... Y, por supuesto, no se olvida de sus *swifties*, a los que dedica la canción «Long live».

LOS FANS MÁS ENTREGADOS DEL MUNDO

Taylor Swift siempre ha mantenido una relación muy cercana con sus fans, los *swifties*. Incluso, antes del lanzamiento de un nuevo disco suele organizar fiestas privadas para ellos en las que les canta sus nuevas canciones antes que a nadie ¡y les prepara ella misma dulces y pasteles! En ocasiones, también ha ayudado a aquellos que se encontraban en una situación difícil o ha visitado a los que estaban enfermos. Están tan unidos que en el *Eras Tour* empezaron a intercambiar ente ellos pulseras de la amistad. ¿Sabes de dónde salió la idea? ¡Escucha la canción «You're on Your Own, Kid»!

Shackleton KIDS

La editorial de los pequeños exploradores

En **Shackleton Kids** queremos que nuestros libros sean mucho más que libros. Escanea los códigos QR y disfruta de todo un mundo de contenido extra con el que descubrirás que aprender es la aventura más divertida.

 **YouTube**

Descubre la versión animada del libro en nuestro canal de YouTube.

 **SHACKTIVIDADES**

En casa o en el cole, sigue aprendiendo y divirtiéndote con nuestro contenido extra: pasatiempos, quiz, ejercicios...

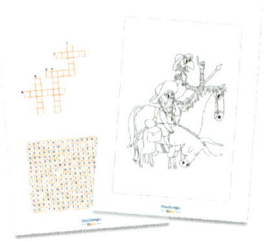

Si te ha gustado *Taylor Swift*,
descubre más títulos de la colección

Mis pequeños
HÉROES

Aprende de los auténticos héroes de la historia y descubre los valores que los inspiraron.

 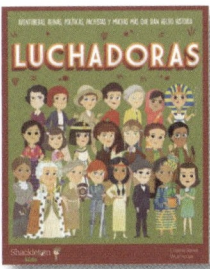 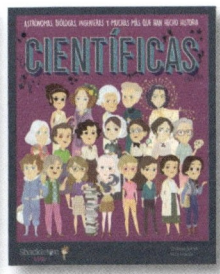 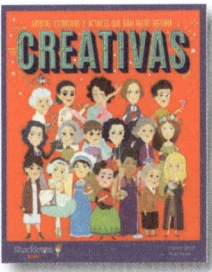

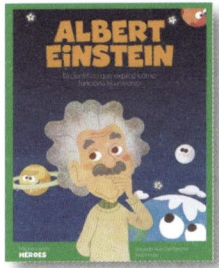 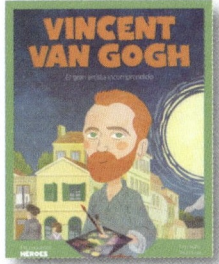  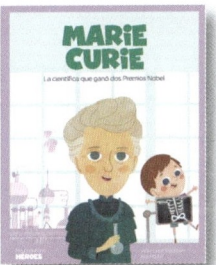

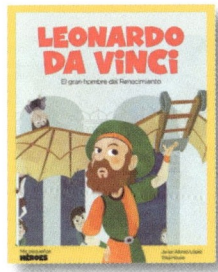 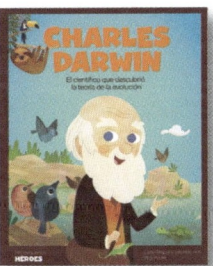 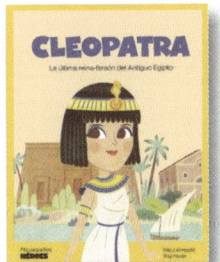 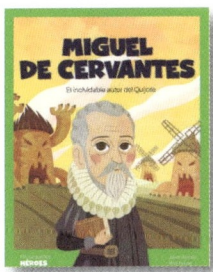

¡Y mucho más en nuestra web!

shackletonkids.com

@shackletonkids